文芸社セレクション

一九六七年のバタークリーム・クリスマスケーキ

今井 清賀

IMAI, Seiga

JN061805

文芸社

目次

一九六七年のバタークリーム・クリスマスケーキ

一九六七年のバタークリーム・クリスマスケーキ

―ケーキのある十二月の風景―

はじめに

幼少期の「幸せだ」と感じた瞬間、その空間を彩る五感が強烈にその思い出にくっついて「セット」になって記憶されていることって、ありますよね。普段は全く意識していなかったことが、ふとした拍子に「あれとこれ」はつながっていたんだってことがわかると、それまでどこか心の中に引っかかりがあったことがらについて腑に落ちることがあったりする。タクヤこと乾拓也はクリスマスにまつわる人との関わりとそこにあったクリスマスケーキが醸す物語について、どこか違和感のようなものを感じていた。

大人になってクリスマスにどんなに美味しいケーキを食べても、どういう訳か満足しない、そしてなぜか面白くない物語がくっついてくる。しかしある人物の一言で、幼少期の味覚とセットになった「幸せだ」という情景が潜在意識の中に隠れていたことを思い知る。そんなお話です。どうぞお目通しのほど。

なお物語の前半で煙草のある光景が描かれていますが、当時の社会情勢は煙草に関して昨今よりもゆるく、かつ小説上のことだとご承知おきいただきたく……

I　十九歳高校三年生の光明と煩悶

一九七九年　独りのクリスマスケーキはカティサークとともに

「東京、全滅か……」

一九八〇年閏年三月八日、寒の戻りとなった日の午後、受験生タクヤは世田谷区にある大学の合格者掲示板を見上げ、ため息混じりの白い吐息を吐いた。二度三度確認しても自分の番号は、ない。本人にとってこの大学は、いわゆる「すべりどめ」で、模試での合格判定は常にAだった。「仕方がない、よな。これが現実……」と自分に言い聞かせるようにきびすを返したものの、正門から去るのは何だか違うような気がして裏門を探した。するとグラウンド越しに体育会専用とおぼしき通用門を発見し、その近くに喫茶店の看板が見えた。身体も心も冷え切っていたので、なにはともあれそこで暖をとることに決めた。

店の隅のグラウンドが見渡せる窓際に席をとった。客はここの大学生と思われる二組四人だけで、受験生とおぼしき人影はなかった。タクヤは昼食をまだとっていなかったが何も食べる気にはなれず、とりあえずホットコーヒーだけを頼み、気を落ち着かせようとハイライトに火をつけ煙をくゆらせながら、年末から自分をとおりすぎた出来事を思い浮かべてみた。

「受験生、恋愛禁物。健康に留意しながら目標はただひたすら志望大学合格！」。アタマではわかってる。だけどこの三か月の間、こんな人生のストーリーが描かれようとは全く思いもよらなかった。あいつの親父さんの意向か、いや本人が決めたことか、それともオレへの思いやり?.交錯する思いを整理できないでいると、マスタアがコーヒーを運んできて一言、「今日は寒いですね。あったまっていってください」。こんな風情の男を見ると、合格、不合格といった野暮なことは、間違えても聞かないよな。そう思いながらハイライトの火を消すと、有線から「もう、おわりだね…」と、先月オリコンチャート上位に入ったオフコースの「さよなら」が聞こえてきた。ほぼ同時に窓の外では季節外れの雪が横なぐりに、喫茶店の窓ガラスにぶつかり始めた。

タクヤは無表情をよそおうものの、涙腺が決壊をし始めていた。こんな姿、店の誰にも見られたくないと窓になぐりつけてくる雪をガラス越しにながめながら、涙が止まるまで泣いてみた。

「オレ、何だかつまんなくなってきたよ。君は？」。「何だかあたしも飽きてきたとこ」。「夜の川でも見に行く？　ドライブってやつかな」。「さんせーい」。「じゃ、みんなにわからないように、そっと出ようぜ」。

一九七九年十月十日体育の日。W大学を卒業後しばらく東京でセツルメント活動をしていた高校の十年先輩が、地元の歴史文化行事や学校・会社行事を映像と音声で残すという事業を立ち上げた。実のところは学生運動に行き詰まりを感じ、セツルに合流したもののその方向性が体質に合わず、地元に戻ってきたというのが本音だったようだ。先輩は地元の伝手《つて》をたどり資金を集め事務所を借り、新車のコロナ一台が買えるほどの高価な撮影・編集機材などを購入。準備が整い、体育の日という休日をあてこんでオープニングパーティを開いた。

タクヤは現在の在籍高校に入学する前年、全寮制の進学校に一年在籍したもののどうにも校風に合わず退学。心機一転、地元の旧制中学を前身とする公立高校に再入学していたため、形式上は中学浪人。この冬十九歳の高校三年生だった。「出戻り」のタクヤを見る近所の好奇な目が鬱陶しいことから実家には戻らず、別途部屋を借りて一人暮らしを選択した。

高校一年の前半は「中学同級生の上級生」からの腫れものを触るような視線と態度に加え、新しい「年下の同級生」からの馴れ馴れしい扱いに辟易し、かたくなに自分を閉ざしていた。しかし一年生の後半から二年生の終わりまでは、ハードロックをこよなく愛する「一学年上で同い年」の四人と出会い、ドラマーとしてバンドに参加することで、毎日が楽しく思える日々を送っていた。

このバンドは、高校生の枠組みを超えた活動をしていた。ビヤガーデンに営業をかけたり、余興に呼ばれたり。場所と来場者の層を考え選曲の上演奏し、ギャラを受け取るような活動をしていた。百人規模の会場ではあるが、借り切って単独ライブを打つ実力もそなえていた。

またバンドメンバーは全員が新聞部員で筆力もあった。理論派のタクヤは部長を一年つとめ、在任中大きなコンテストで二度銀賞を受賞している。もしこの仲間がいなければ、無味乾燥な高校生活に辟易し卒業できなかったかもしれない。
　だがタクヤが三年生になる時点で四人は卒業。新聞部長も後輩に譲ったため、まったくもって味気ない高校三年目の生活を送っていて、卒業までの日数を指折りカウントダウンするような日々だった。そんな味気ない日々の夏休み明けのある日、元バンドリーダーで地元の大学生となっていた石原が、「こんな人がこの街で文化事業をするのだ。お主、手伝う気はないか？」と声をかけてきた。面白くない生活が続いていたので、タクヤは渡りに船と快く引き受けた。通っている高校の近いところに事務所を開設するということで、下校時に開設準備として機材の搬入や備品登録などを無償で手伝った。

　十月十日、体育の日のパーティには二十人ほどが参加していた。何か新しいことが始まるという瞬間はワクワクする。石原ともう一人地元に残っている浪人中の元バンドメンバー岡本の顔も見える。開設準備を一緒に手伝った中学五年生の浅田もいる。学校に行くのが億劫になり部屋から出られなくなって四年目になるという彼。「卒業証書をもらってないので、ボクはまだ中学生なんだろうな」と、他の誰とも腹を割って話ができないのに、一年遅れて高校に入学し頑張っているようにみえるタクヤとは、どこか馬が合ったのだろう。ここに来たらタクヤに会えるということで部屋から出て、毎日のように開設準備中の事務所へ顔を出すようになっていた。こんなオレでも誰かの支えになっているのかと、虚無感にさいなまされそうになっていたタクヤは、浅田は少しだけ自分の存在価値を知らしめてくれる存在だった。

幾人かの顔見知りがいるパーティの出だしは楽しく時間が過ぎていった。浅田と話していると初見の女性が飲物を持ってタクヤに近づいてきた。「乾さんですね。私エリって言います。お話は石原さんから聞いてます。今高校で頑張ってるんですってね」。ショートカットでハキハキしゃべる、しかしどこか翳りのある表情のエリに、タクヤは瞬間で心を持っていかれた。「シャボン玉ホリデーに出ていた頃の中尾ミエみたいだ」。タクヤは近年アイドルと呼ばれるようになった若い女性芸能人が次々デビューしても、シャボン玉ホリデーで観ていたデビュー当時の中尾ミエより可愛い女性はいないと思っていたのだった。

「別に、頑張ってるわけじゃないけどネ…」とタクヤが返すと、この女性は自己紹介を始めた、「あ、私P短大の一年生エリって言います。乾さんと同い年よ。でもね、実は石原さんから聞く前からあなたのこと知ってたのよ」。変なことを言うエリに「それ、どういうこと？」と聞き返す間もなく、エリは主催者にうながされてスタンドピアノの前に座り、カーペンターズ・ナンバーを弾き始めた。

参加者にはビールやワイン、ウィスキーなどがふるまわれていた。タクヤはいすゞジェミニで来場していること、また飲食物に不足が出た場合に買い出しを頼まれていたので、酒は口にしていなかった。パーティも中盤に差しかかった頃、タクヤは「酒を飲んでいる人たちのように陽気にはなれないや」と椅子に座りながらぼんやりとしていた。エリは演奏を終えしばらく主催者と話をした後、かなり退屈そうにしているタクヤのところに再びやってきた。タクヤはいたずらっぽく「夜の川を見に行かない？」と、そっと耳打ちしてみたのだった。

夜の一級河川の水面の向こうにコンビナートの灯《ひ》を見ながら、河川敷に停めたジェミニの車内でエリとタクヤは話し込んだ。タクヤは受験参考書よりもフロイトの精神分析やマックス・ヴェーバー、マルクスなど学術書ばかりを好んで読んでいた。また政治経済などの情報は朝日ジャーナルから得ていてリベラル側からの話を、エリは父が所属する倫理団体に影響されていて、伊勢神宮や皇統、日本の国体などについて話をする。左・右と思考回路が相反するのに不思議と議論は対立せず「へぇ?そういう風に考えるんだ」なんて、お互いの話に興味深く耳をかたむけるのだった。そしてパーティをこっそり抜け出したことの共犯意識と、お互い高野悦子の手記『二十歳の原点』に心をもっていかれていることがわかり、車内で歓声をあげどちらかともなく唇を寄せ合った。

その夜からタクヤの起伏のない十九歳の高校生活に芳しい香りが漂い始めた。一日おきにエリと会える楽しみ。ジェミニでドライブするときの、密室に満たされる彼女の匂い。一人暮らしをしているタクヤに存在さえ知らなかったドリアという食事をつくって食べさせてくれる、二級酒しか買えないタクヤの部屋にカティサークを持ちこみ乾杯する。そして夢のような二人きりの秘密のひととき…季節は晩秋へと移ろいはじめ陽の光はくたびれはじめているのに、タクヤにとっては目一杯光に包まれたかのような日々が過ぎていった。

十月の終わりになって突然石原が大変な剣幕で電話をかけてきた。「お前とは絶交だ。理由は、わかっているだろ！」と一方的に叫び電話を切った。石原はエリとお互いの知人であることから、タクヤは「石原がこんな剣幕で電話かけてきたんだよ。絶交ってさ。オレ訳わからん。エリ、何か知ってる？」と聞いてみた。「あ、石原さん？そう、この間電話かかってきたわ。あの人私のこと勝手に彼女だと思っているみたいなの。私はそのつもりまったくないんだけど、話が難しくなりそうだから、今ね、乾さんとお付き合いしてるのと言ってみたの。そしたらすごい剣幕でね。おい、あのパーティの夜に何があったんだ！って」。タクヤはエリに聞いた。「何て答えたの？」「何もないわよ。好きになっただけよ、って言ったわ。そしたらガミガミ怒鳴りまくってるから、そっと電話を切ったの。だいたい私、テーブルの上にこぼれた煙草の灰をいちいち指でくっつけて始末するような神経質な人、苦手なの」。

石原はエリを彼女だと思い、エリはそうではないと言う。石原は絶交を申し出てきた。エリは今ここにいる。十九歳のタクヤの選択はエリをとることしか頭になかった。バンドと新聞部で苦楽を共にした石原だが「絶交」という申し出とエリの言葉を、額面どおり受けてしまった。


タクヤはエリがときどき見せる翳りが気になっていた。エリは石原がタクヤのことを話題に上げる前からタクヤを知っていたという謎の言葉の真相をまだ聞いていなかった。その真相に翳りある表情の答えがあるような気がしていた。十二月も二十日を過ぎたある日、タクヤの部屋で、なぜ日本は太平洋戦争を開戦しなければならなかったかということを話し込んだあとの、ちょっとした沈黙の時間の隙間に石原と何か決定的なことがあったのかとそれとなく聞いてみた。すると、エリの口からは石原という名ではなく、意外な人物の名前がこぼれ出てきた。

「尾崎くんって、知ってるよね。私、中学時代から彼女だったの。でも、いろいろあって…タクヤに言えないこともあって…」。この言葉を弱々しい声でつぶやき、エリは沈黙しはじめた。尾崎はタクヤの中高一貫校時代の同級生で、彼もまたエリと同じくどこか翳りがある男だった。お互いビートルズ好きということで気が合い、全寮制の生活の中でよく隠れ煙草をした仲だった。尾崎から名前は聞かされてなかったものの彼女の存在は知らされていて、全寮制だが週末には帰宅でき、その週末の日曜の夜、今回は彼女とこんなことがあったなんてことを尾崎から聞かされるタクヤは、顔も姿も見たことがない彼女のことが気にはなっていた。尾崎はタクヤが中高一貫校を去った翌年に、何か問題があったのか退学処分となっていた。

「え、尾崎の彼女って、エリだったの?」。エリは汗をかいたカティサークの水割りグラスを手に取って一気に飲み干し、テーブルの上にカタンと置いて、「ま、昔の話ね」と言いながらマイルドセブンに火をつけ、淡々とした口調で二人の間に起こった衝撃的な話をはじめた。

エリの話が終わったところで二人の間に再び沈黙の時間が覆いかぶさった。ちょうとそのとき灯油が無くなりはじめたのか、無音の時間を埋めるかのようにピシピシ音をたてながら石油ストーブの鉄網の赤みが引いていく。「ちょっと待って。灯油を入れる」とタクヤが言い終わらないうちに、「入れなくていいわ。あと一杯飲んで今日は帰る」と言い、エリはカティサークをグラスに三分の一ほど注ぎ、ストレートで一気に喉に流し込んで立ち上がった。

その晩タクヤは一人でいる部屋の空気が薄く感じると同時に、エリと尾崎が過ごしてきた時間を引き裂きたい気持ちと、エリがより愛おしくなり呼吸が乱れて寝られなくなってしまった。狂おしいほど好きになるって、こういうことなのか。エリについて次々と浮かんでくる言葉を、独り言ノートに脈略もなく書き連ね言葉を吐き出すことで、自分の中の怪物のように大きくなっていく訳のわからない存在をなだめようとするのが精一杯のできることだった。

この日以降愛情が日々更新され、強く会いたがるタクヤに対してエリは、「受験だから、そっちに全力をかたむけてね」と言うようになり、なかなか会おうとしなくなった。「クリスマスには、会えるよね」と言うタクヤに「うん…そうね」とお茶をにごすエリに、「ケーキ用意して待ってるからね」と会う約束を確約しようとしてみるが、明快な答えは返ってこなかった。

イヴの前日になって「ごめん。明日も明後日も会えないわ」とエリの方から電話がかかってきた。押し黙るタクヤがようやく次に言えた言葉「じゃ、次いつ会える」に、エリは「共通一次が終わったらね」とひとこと。「年明けじゃないか」と言うタクヤに、「あたしみたいに、別に入りたくなかった学校に行かなくていいようにさ、今が頑張り時じゃない」と励ましの言葉をかけてくる。「そっか。今年のクリスマスはオレ一人なんだな…」半分すねた声色でぽつりとつぶやくタクヤに、エリは「ごめんなさい」と感情を抑え気味で応えた。以前なら「ごめ〜ん」といたずらっぽく言うところなのにタクヤは胸騒ぎをおぼえた。

タクヤのクリスマス・イヴは、一人部屋で過ごすことになった。実家に戻るほどの気力も失せていたのだった。

タクヤはクリスマス・イヴを二人で祝おうと貯金を下ろし、夏に開店したばかりの街の洋菓子店でホールケーキをはりこんで予約していた。だが一人きりのイヴ。フランチャイズ店でフライドチキンを買う気も、スーパーで惣菜を買う気もおこらず、引き取ってきたケーキを肴にエリが置いていったカティサークを飲むことにした。こんな取り合わせって、何だか自暴自棄に拍車がかかるようで、自分を悲劇の主役に仕立てられそうでちょうどいいと思いながら飲みはじめた。

ほどなくしてどんなに気が滅入っていても、酔いが回り始めてもこのケーキは舌触りよく、おいしいということに気が付いた。そういえばここ十数年誕生日もクリスマスにもケーキを食べた記憶がなかった。「あれ、クリスマスケーキって、クリームがこんなにやわらかだったっけ？こんなにさっぱりしててさ。ブルって震えるほどの甘さじゃないんだな。小さいときに食べたクリスマスケーキって、もっと味が濃かったぞ」と、妙に感覚が研ぎ澄まされていることに面白さを感じ、「美味いなぁこれ。じゃ、もっとサーク飲んで酔っ払っちまおう」と、普段より早いピッチで水割りの杯を重ねていった。もしタクヤ・三十一歳なら、エリの分も水割りをつくって、「エア・乾杯」をしていたかもしれない。しかしそれだけの気がまわるほど大人ではなかったし、そうでなくと

も胸騒ぎがひかないままの状態だったので、考える余裕はなかった。その夜、タクヤは身体を肩まで炬燵《こたつ》に突っ込みながら、サークの瓶を抱いて泥のように寝入ったのだった。

年が明け共通一次が終わった。タクヤはその夜「電話解禁だ」とばかり、はやる気持ちをおさえてエリに会いたいとの電話をかけた。電話口でエリは「関西の私立大学が終わったら会おうか」と言い、タクヤはその日を目標に受験に力を注ぎ、すべり止めながら一校合格通知を手にした。それを伝えるとエリはやっと会う約束をしてくれた。

パーティを抜け出しコンビナートの夜景を見に行った河川敷にジェミニを停め、タクヤはその間あったことととエリへの思いを、言葉もどかしく一気に話しはじめた。そんなタクヤの話の区切りを待っていたかのように、エリは自分のことを話し出した。「あたし、お見合いしたの…」。「お見合いって、あの、誰か大人が間に入って若い男と女を、結婚を前提に会わせるという、アレのこと?」。タクヤにとって二人が共有するはずの世界観の中で「お見合い」という言葉が浮上するとは想定外だった。あわてるタクヤにエリは「三十歳の銀行員なの。今年中に係長になるって。優しいし、あたしのこと大事にしてくれそうだし。結婚したら住む予定の家も建てているところなの」と一気にまくしたてた。

「それって、あのお堅いお父さんの考えでお見合いしたの、それともお見合いを誰かが持ってきたの？それでエリの気持ちはどうなんだよ」。タクヤはあわててドライバーズシートから背中を離し助手席に身体を向けた。「知ってるよね。うちの父親が入ってる団体。その会員のおばさんが持ってきた話なの。まあ会うだけ会ってみろよって父親が言うので、そうしてみたの。クリスマス・イヴに」。「ク、クリスマス・イヴ！」。絶句したタクヤにエリは「それから二回会って、悪い人じゃないなって思い始めたの、あたし」と追い打ちをかけた。自分の額に左てのひらをやりながらうつむき加減で「でも、まだ決まった訳じゃないよね」とタクヤはやっと言葉をさがして訊いてみた。「う…ん…」と応えるエリの声色からタクヤは、もしかしたら戻れないところまで話は進んでいるんだろうなということを感じとってしまった。

クリスマス前にお見合いの話が持ち上がり、イヴに初めてその人に会って、年内にもう一度。年が明けてさらにもう一度会っている。同じ価値観を共有する団体内での話なので、両家と仲人はいい縁談とばかり先へ先へと進められていくことは、エリの家が所属する団体とは異なるが、同じ宗教団体の会員同士で縁談が進んで成婚とあいなった従姉のことをタクヤは目の当たりにしているので、その過程はよくわかる。それにしてもエリが会わなくなった理由が尾崎や石原といった、直接その存在を知る者によるものではなく、見ず知らずの大人の存在だったという事実を知って、自分ではどうにも対処できないことなのだと、無力感だけをおぼえたのだった。翳りある表情は、過去の尾崎のことだけではなく、どうやら父が秋口から見合い話を勝手にすすめていることに対して、自分の人生を自分で決められないことが最大の原因のようだった。実際エリの家庭は少し複雑で、エリ自身の考えが通らないのが常のようだった。タクヤはイヴの前日にエリが電話口で何気に言った言葉「別に入りたくもない短大」とは、父が相談もなく決め受験させた学校で、本人が望んだ進学先ではなかったことが、このときようやく理解ができた。

「とすると尾崎との衝撃な話は、オレをあきらめさせるための告白だったのか。どうやらその通りなんだろう、作り話だろうが本当の話だろうが…」と察しがついた。タクヤは精一杯の力をもって、「東京の受験が終わったら、もう一度会ってくれる？」と言質をとろうとしてみた。エリは浅くうなずいた。

タクヤはその三日後に東京の私立大学受験に出発した。およそ十日間の受験期間中は帰郷している友人の部屋を借りた。友人が言うには、「両隣と前の住人は挨拶もしないし、オレの顔を見たら逃げるように部屋へ戻る。部屋の大掃除をしていたら睡眠薬の瓶が三つ出てきた。過去にちょっと何かあったような感じがする部屋だけど、いいか？」という念を押された上での部屋借りだった。エリのお見合いについてのなりゆきに対する不安と受験に対する不安に加え、部屋に関する情報の不安で神経衰弱になりそうな気持ちを、いつも聴いている大阪のＡＭ局の深夜放送にチューニングを合わせ、聴き取りにくいながらも心を落ち着かせるのが精一杯だった。

「第一志望大学学部受験日の二日後、三月一日は卒業式があるので一旦帰郷するよ。あとすべり止め一校と国立を残すだけなんだ」と駅前の公衆電話からエリに伝えると、「じゃ、三日に会えるかな」とエリ。タクヤは心躍る思いで黄色い公衆電話の銀のフックに受話器を掛けた。

三月三日、いつもの河川敷。ジェミニの車内で正式に結婚が決まったことをエリから伝えられた。タクヤは実家に戻って身支度を整え、翌四日に再び東京へと足を向け五日にすべり止め大学を受験。それから先に受験していた三校の発表を見に行くも、全て思った結果は出てはいなかった。そして三月八日午後、東京圏の大学受験最後の結果発表を世田谷のキャンパスで確認し、喫茶店でハイライトを吸いながら「さよなら」を耳にしているタクヤの姿があった。

「何だか、あの夜のクリスマスケーキは甘さが控えめでクリームはサラサラしていたな。あの日を境にオレの人生は違う道を歩き始めたようだ。甘くないケーキ、甘くない人生ってか…なにキザったらしいこと、言ってるんだオレ」。ふと、タクヤは東京のケーキって、今のオレにはどんな味がするんだろうかと思い、マスタアを呼んでケーキセットに変更するよう伝えた。「モンブランで、お願いします」。ケーキは食べたいが白いクリームは見たくないと瞬時に判断したためのチョイスだった。

恋愛で女は後ろを振り返らない。誰かの詩集にそう書いてあったような気がするけど、誰だっけ。思い出せないぞ。それで東京のケーキって、こんなもんか。地元のとあまり変わらないや…物事が交錯して整理できないタクヤは、最後の一本のハイライトをとり出し、左手で箱をつぶした。「さて、来週は仙台だ。飛行機、はじめて乗るぞ。楽しみにしておこう」。これからはちょっとした幸せを探して積み重ねていくことが張り合いになるんだ…涙を目一杯流したあと、なんとなくそういう気持ちになったタクヤだった。ただ、高二の夏休みに読んだフロイドの『精神分析入門』に記されていた「トラウマ」というワードが、どこか心にひっかかりを覚えていたのだった。

Ⅱ　葉祥明の絵があるカフェにて

一九八三年　オレの姿は食べ残しのショートケーキ

「銀行で働いている高校の一年先輩がね、「とうとうワタシ、来年クリスマスケーキ～」って、ことあるごとに言うの。とにかく焦ってて、もう見てらんないの。でもネ、私も来年になったら、やっぱり焦っておんなじこと言ってるのかしら…あ、気にしないでね。二十二日の誕生日からまだ二年あるんだから…」。

ミヤコはぽつりとそうつぶやき、カフェの窓越しに車の往来を見やりながらタクヤの目を見ずにアイス・レモンティーのストローを、左手の人差し指・中指と親指で軽くつまむいつもの仕草で口元にいざなった。しかしひと口飲んだ後小さくついたため息をタクヤは聞き逃さなかった。十二月十七日土曜日午後のティータイム。

この店のオーナーは葉祥明の絵が好きで、月替わりで数点が壁にかけられている。紅茶とケーキ、そして葉祥明が好きなミヤコのリクエストでよく待ち合わせに使うカフェ。葉祥明のパステル画と甘さ控えめの豊富な種類のケーキたちが用意されていて、地方都市ながら都会的なセンスにあふれた空間を提供してくれる店だ。

昭和五十年代、大都会は別として巷間女子の婚期はよく「クリスマスケーキ」になぞらえられた。クリスマスケーキは二十四日を過ぎて売れ残ると、一気に値崩れが進んでしまう。「イヴ」の二十四歳で話を決めないと、いい縁談に巡り合えない、いわゆる「売れ残る」という都市伝説のような空気感があった。

中学浪人を経験しているタクヤは大学四年生。就職が決まらないことには生活の糧を得る手がかりもない。かといってそんな状態で胸をドンと叩き彼女の将来を引き受けるという向こう見ずな性格をしているわけでもなかった。ミヤコからは「もし生活ができないようなら私が稼いで食べさせてあげるから心配しないで」と直接言われてもいる。タクヤはわかっていた。根拠のない自信でもかまわない。「オレに任せろ」という言葉を聞きたいのだと。わかっているがゆえ、何の確証もないままミヤコをただ待たせているという後ろめたさが、ここのところ会うたびに先だってしまい、つい言葉少なになってしまうのだった。

ふいに新たな来客を知らせるドアベルが鳴り、コートに身を包んだアベックが寒さから早く逃れたいとばかり、プラタナスの枯葉を足元に一枚ひき連れて駆け込んでくる。タクヤは瞬間、その枯葉と飲みかけの珈琲の琥珀色の色味《いろみ》の差に気をとられた。

ミヤコとのつきあいが始まったのは二年前の夏。つきあい当初、店の前のプラタナスの街路樹は青々していて晩夏の木漏れ日がまぶしかったことを、店内に紛れ込んできたプラタナスの枯葉からその頃のワクワクした二人の空気感を思い出していた。そして紅葉が始まる頃にはレモンのような色味になり、やがてミヤコが好きな「紅茶」色を経て珈琲のごとく琥珀色へと変わっていく。アベックが連れてきたプラタナスの葉は琥珀色。もうあと二週間で年が改まる。

オレは、何も改まってやしない…。そして二人の間の空気も迷い込んだ、行き場のないプラタナスの葉のように琥珀色に染まり始めている。

タクヤは心に秘めた、やりたい仕事がある。世間を動かすほどの言葉を投げかけるコピーライターだ。そしてそういう大きな仕事は東京でしかかなわないもの。それをかなえるべく挑んだ業界二位の広告代理店は最終選考で漏れてしまった。他の大手代理店は大学の指定枠があって二流・三流大学生は出願させてもらえないという状況だった。業界二位だからこそ、一位にはいないような人材を採ろうとする姿勢があったのだろうか。タクヤは四年前の受験で、結局唯一合格した関西のすべり止めの大学に入学していた。

この大学では学生運動の残党がキャンパスでアジテーションをがなり立て、黒とオレンジのペンキで、独特な書体で書かれた立て看板が所狭しとばかり立てられていた。関西一円で最も学費が安くおさえられているため、両親にかける負担が小さいということは、すべり止めであろうとも自己を納得させる大きな要因でもあった。だがいわゆる「三流大学」の範疇に入り、しかも学生運動の残党がいるということで就職戦線は厳しいものだった。

タクヤはこの大学に興味を持ったのは高三の夏、古書店でたまたま見つけた『大学左翼教授名鑑』に掲載されていたある教授の専門が「社会運動史」とあり、気になって著書を読み、この教授の講義は面白いだろうと想像したからだった。高校生時から七十年安保闘争に興味を持った者として「リベラル思想」こそ社会の腐敗を一蹴できると考えていたため、これは自然な選択だった。しかし、本音は興味本位の受験で、まさか本当に入学するとは想像だにしていなかった。

受験時から在学期間を通じて、学問と就職は別物と考えていたが、資本主義の片棒を担ぐような広告代理業は自己の思想とベクトルが違う。しかし糸井重里氏の学生運動からコピーライターへ見事な転身を遂げているという先人の姿をみて、「これってありだよな」と納得した上での結んだ将来像だった。

業界二位の広告代理店は、三流大学生で髪も切らず紺のリクルートスーツならぬベージュのスリーピースで面接に現れるタクヤを面白がってくれて、最終面接まで進めてもらえたが、最終的に選考から漏れたことは確かな現実だった。

以後、採用試験に間に合う小規模の代理店や業界紙、ミニコミ誌などを手当たり次第に受けるものの、どこからも色よい返事はもらえていなかった。

一方のミヤコは地元の商業高校を優秀な成績で卒業し、一部上場企業で海外業務に携わる、タクヤと同い年のＯＬ。二人は出会ってからすでに二年半の月日を重ねているわけだが、タクヤは将来の展望を具体的にできないことの情けなさと、ミヤコが大卒でも超難関とされる資格試験に県内の女性として初めて合格。マスコミからの取材攻勢を受ける中、定番の質問「彼氏はいますか」という質問に、「いません」と答えている映像を見るにつけ、ただただ就職試験の選考に落ちまくっている今の自分とつい対比してしまい、情けなく悔しかった。こんな状況の中で食うための就職をするのではなく、夢をかなえに東京へ出るなどという秘めたる思いはどうしても言い出せずにいた。

「海でも見に行こうか」と、タクヤは父親のプレリュードのキーを上着のポケットから出しながら誘ってみる。ミヤコはまた話をはぐらかし結論を先延ばしにする、いつものタクヤのやり口だと感づき、「私、ここでもう一杯何か飲むわ。ケーキも残っているし」と言い、ウェイトレスを呼び、サントスのブラックをホットで注文した。ミヤコは二十三歳の誕生日までに、しっかりタクヤと将来の話をしたかったのだった。

ブラックコーヒーなんて普段から飲まないのに、それもどちらかと言えばマイナーな銘柄を指定するなんて、いったいどういうことか…タクヤは驚きを隠せなかったが、答えを先延ばしにしている自分に対して、ミヤコは苛立っているんだと、悟るのに時間はかからなかった…ただ、紅茶好きのミヤコがこんな銘柄のコーヒー豆の知識、いつ覚えたんだろうかという、心の中に「引っかかり」が生まれていた。

「実は…」ミヤコは半分残っていた苺のショートケーキを食べ終え、タクヤから視線をはずしながら言葉をさがす様子で話し始めた。「実は、気になる人がいるの…」。壁に掛けてある葉祥明のパステル画を見るでもなくぼんやりと壁に目をやっていたタクヤは、耳に飛び込んできたその言葉の意味を、再度頭の中で咀嚼した。

「え?え?今何て言った?」。ミヤコの、まさかの言葉にタクヤは思わず立ち

あがってしまった。ミヤコはタクヤの気持ちを確かめるために、ここは自分の心情をストレートにぶつけてみようと、市民テニスサークルで一緒に練習している三歳年上の男性について話し始めた。

「前からタクヤに話してたサークルのキャプテンがそうなの。その人にね、タクヤのこと相談してみたの。そしたら、ミヤコちゃん、クリスマスケーキの値段が下がるまでに彼が就職や結婚を決められなかったら、オレが面倒見っからさ、安心しなよ、なんて言ってくれたの」。

どうやらそれは本当のことのようだった。二年間サークルで一緒にプレイし、「大学生の彼がいるミヤコちゃんには誰も手が出せないや」と軽口をたたいていたキャプテンは、実はミヤコに大変気があるようだと、冗談混じりながらミヤコ本人から聞いていた。学生であるタクヤが進路を決めない、決められないのでどうしたらいいかと、この二、三か月の間練習後キャプテンに相談していたようだ。

その話を聞いたタクヤは巨大なパレットの中で、ありとあらゆる色の絵具を混ぜ、そいつを身体中に塗りまくりたいような衝動に駆られた。パフォーマンス集団山海塾が全身を何物にも染まる「白塗り」という表現を選んでいるのと逆張りで、自分が発している性格や指向といった「色」を、いろんな色の絵具を混ぜ無彩色にすることで自分を隠したいという気持ちになったのかもしれない。この場ではそれはかなわないので、なぜかとっさにテーブルの上に置いていたハイライトを二本、唇の両端にくわえ、いつもそうするようにジッポを左親指と人差し指・中指でつまんでオープンし、両方に火をつけることでしか気持ちを落ち着かせることができないような気がした。奇行によって話の焦点をずらせるのではないかと考えたのだ。

ミヤコはタクヤの奇行に触れることもなくその男性のプロフィールを話し出す。生活が安定しているしリーダーの素質もあるようだ。次第にタクヤの脳裏ではオトナの男性像がミヤコの言葉とともに構築されていく。なんだ、彼に勝てることがあるとすれば、三歳若いということだけなのか。でも、そもそも若いということは「勝ち」というポイントになるのか…二本のハイライトに火をつけ、煙を思い切り吸い込んで吐き出し、クラクラした頭にわいてきたのは、ネガティブな、自省的かつ自虐的な文言でしかなかった。彼女の心をつなぎとめるだけの強い思いどころか、取りつくろうだけの言葉さえも見つけられなかった。

「まてよ、こんな感覚以前にもなったことがあったぞ」。タクヤは自分が食べ残しているショートケーキのクリームを見ながら、エリから結婚話を聞かされた時の感覚がフラッシュバックしてきた。またもしっかりした「大人」が出てきたか。四年前から比べても、オレは社会的に何かつかんでいるわけでもない。自分に腹立たしいし情けない…

タクヤはそれらの否定的な言葉を吐き出すのをやめて、うつむき加減で二本のハイライトから生じた煙を吐き出すしかその場を取り繕えなかった。ミヤコは続けて言う。その彼が自宅でもサイホンで点てるほどの無類の珈琲好きだと。これは、もうすでにのろけの域に入ってはいないか?それに比べて二本のハイライトをこんなふうに吸ってるオレ、滑稽だな。なんでこんなことしてるんだろうな。自分の行動の真意がわからないや。バッカじゃないの!この無力感の再来は、エリによってもたらされた結婚に対する「トラウマ」の再来か？

　肥大化したキャプテンの像と自分の存在のくだらなさを比べてしまい、あまりのギャップの大きさに、真冬にもかかわらずタクヤの両の掌はじっとり汗ばんでいた。

「あと五日したらミヤコ、誕生日だね。どこか行きたいとこ、ある？それとも何か欲しいプレゼントとか…」。タクヤの言葉を最後まで聞かないうちに「別に、ないわ」とミヤコは答えた。このタイミングのとり方が二人の結末を決定づけた。

　どのくらいの時間が経っただろうか。視線を合わせないまま無言でテーブルを挟んだ二人に重い時間が通り過ぎていった。タクヤは自分の残りのケーキを食べる気持ちはとっくに失せていた。

「送るよ」タクヤの言葉に、ミヤコは「ありがとう」と答えた。いつもなら「うん」とか「わーい」とかいう言葉が返ってくるのに、距離をとろうとする気持ちがあることをタクヤは瞬時にして読み取った。

テーブルの上にタクヤが食べ残した、クリスマスケーキ代わりの苺のショートケーキが、下手くそな食べ方をしていたため皿の上に朽ちたように倒れている。「まるでさっきのオレみたいじゃないか。でもこのケーキのクリームって、エリがいない一人のクリスマス・イヴで食べたのと同じ食感だったな。都会的って言うかなんというか。また食べたいかというと、えっと…おそらくこの店にはもう来ないような気がするな」。そう思ったタクヤは、会計をしながらマスタアに「ケーキ美味しかったけど、全部食べられずにごめんね」と言った。去ろうとするタクヤにマスタアは、「またお越しください」と声をかけたが、タクヤは複雑な表情をしながら小さく胸の前で右手だけで合掌のような合図をするのが精一杯だった。

プレリュードでミヤコを実家まで送り、いつもなら家族に顔を出していくのだが、車からは降りずに立ち去った。この日ミヤコを送ったのはプレリュードだが、物語全体の始まりとしてのプレリュード（前奏曲）ではなく、最終章のプレリュードだったことを後日知ることになる。

その後二人はミヤコの誕生日を含め三回会ったが、年が改まるとタクヤからの電話には妹に居留守を使わせはじめ、ほどなくして電話に全く出なくなった。タクヤは東京に出る決心をし、個人立の広告代理店に職を見つけ四月に上京した。自分を採ってくれた社長に弟子入りするような気持ちで入社した。

その年末年始に帰省したタクヤは、中学以来の友人が元旦の初詣帰りに家族もろとも追突事故にあい、入院中であることの連絡を受けた。三日に見舞いに行くと伝えると彼の「家族誰も年賀状を見てないので、持ってきてくれないか」という要望に快く応じたタクヤは、彼の家のポストを開けた。郵便局は元日に届けた年賀状は輪ゴムでまとめてポストに投函してくれてあるが、三日配達分はまとめられておらず、一枚だけひらひらとタクヤの足元に落ちてきた。拾い上げると、それはミヤコとキャプテンの結婚式写真が印刷された年賀状だった。「近くにお越しの際はぜひお立ち寄りください」の文言とともに、住所と彼女の新しい苗字、括弧内には旧姓が書かれてあった。

「そうか。クリスマスケーキにはならなかったんだね」タクヤの心は瞬間少しざわついたが、ほどなく祝福の気持ちへと転化していくのを、自分で感じ取ることができた。

あまり目にしない旧姓から、日本で上位三位に入る苗字へと変わった。その苗字の字づらを目にした瞬間、なぜかタクヤのミヤコへの思いは、過去のものとして鍵がかかった気がした。そして「オレは今、東京でもがき苦しんでいるけど、夢に向けてやりたいことをやっているよ」と心でそう言いながら、あの日マスタアにしたのと同じポーズで二人の写真に小さく右手だけで合掌のポーズをした。

病室に年賀状を届け、「コイツがヒラヒラ足元に落ちてきたのさ」と報告するタクヤに、ミヤコとの出会いからいきさつを知りすぎている、彼女を二人で「とりあった」ベッド上の友人は一言「…わるい…」と詫びたが、タクヤは彼女をとるよりコイツともっと先まで付き合っていけるその嬉しさから、「なんの！」と間髪を入れず会心の笑顔で応えていた。

Ⅲ　青山通りの不思議ちゃん

一九八七年　お洒落なカフェでケーキのはずが

「き、気のせいだよね、ははは…」

マーゴと一緒にいるときは、なぜか不思議なことがおこる。先週も上野の森美術館に入ろうとしたとき、オレンジの光を放つ小さな謎の飛行物体が上野の森の上空を水平・垂直移動を組み合わせながら角ばった軌跡を描いて飛んでいるのを、二人して認識したばかり。今は岡本太郎美術館を出て、エスプレッソでケーキを食べさせてくれる店で一休みしようと、青山一丁目に向かって表参道を歩いているところ。

マーゴとタクヤは同じ会社の異なる事業部で勤務していた。タクヤは二度目の転職でこの法人と縁ができ、国際事業部に配属された。新規事業だけに企画書や稟議書を数多く作成し、総合企画本部へと提出することが頻繁に発生する。

書類を作成するのがタクヤで、稟議書や企画書を受け取る総合企画本部の担当者がマーゴ。もちろん「マーゴ」はニックネームで、タクヤが密かにつけたもの。本名はエリカ。マーゴ・ヘミングウェイのような太い眉が印象的なので、タクヤは勝手にそう呼んでいる。

ただ、その眉はオシャレではなく、単に手入れをしていないだけ。身だしなみには無頓着なマーゴ。それが証拠に紺や黒など重い色の上着を着ていると、肩のところに「冠雪」が確認できたりする。また机に座っているときは必ず靴を脱ぎ、サンダル姿。名前を呼ぶと、「にゃあ」とか「うぅ」という謎の音声が返ってくる。そんな彼女だが、都内でも有数の公立高から国立女子大へ進んだというかなりの才女だった。

昼行燈《ひるあんどん》のようなオフィス・ライフを送っている一方で、現代アートをこよなく愛し、またガールズバンド「ゼルダ」のギグでタテノリ、アタマフリフリではっちゃけているらしい。どこからどう見ても「不思議ちゃん」。ただ、身だしなみに無頓着で昼行燈みたいにしているのは、「できる女性」であることを

カムフラージュするための方法論であることは、話し込むにつれ明らかになってくるのだった。そんな彼女にタクヤは大いに興味を持ち、幾度か休日を外で「ご一緒」するようになった。ただ飲みすぎた翌日、オフィスでの不機嫌さには手の施しようがないところがあるのがたまにきずなのだが。

赤坂御所方面からやや強く吹いてくる北風に互いに髪をなびかせ、青山通りを横尾忠則やウォーホル、パク・ナムジュン論をたたかわせながら日曜午後の昼下がり、北東へ歩みを進める二人。「そういえば明後日は十二月八日だね。一九八〇年のこの日ジョン・レノンが撃たれたニュースって、最初どこで聞いた？」。ふとタクヤがたずねると、「中学生だったたし、そんなに大きなニュースだとも思わなかったので、覚えてな〜い」とマーゴ。「ボクは大学の一年生で、ビートルズ好きのある男からアパートの大家さんのとこに電話がかかってきてさ。おお…うん…聞いたよ…みたいに、本当にショックで、ほとんどしゃべらないまま三十分くらい受話器を持ったままだったよ」と話し始めるタクヤに、マーゴは「ね、どうして大家さんの家の電話に乾さんあての電話がかかってくるの？」とたずねる。そうか、この世代で東京山の手の中流家庭で育ったってことは、呼び出し電話ってのもわからないんだな。想像できないなんてのも、無理からぬ話だよなと悟ったタクヤは、呼び出し電話がどういうものかひと通り説明をしながら、街全体がクリスマス仕様になっている中、「クリスマスには、やっぱケーキだよね」との了解事項で、目的のカフェへと向かっている。

東京の女性とアート論、オシャレなカフェでオシャレなケーキ。しかも青山…こんな風景の中にオレは今いるんだ。タクヤは自分自身が置かれた位置が、東京に出てきた三年前からはおよそ想像できない現実に心躍る思いでいた。東京に出てきて間がない頃は、友人知人のいない中、他人の家庭で鍵のかからない一部屋に、いわゆる「お二階さん」として住み、社会保険もない個人立の広告代理店で東京支社長と二人っきりの支社オフィスを拠点に、広告クライアントの新規開拓に明け暮れるも思ったように成果があげられず、ミヤコとも別れたばかりで心が病みそうになっていた。収入も学生時代に学習塾を共同経営していた頃に比べると半分以下になるも、親の反対を押し切って上京したからには、意地でも毎月親元に仕送りをしていた。するとセーブするところは必然的に食費となり、極端にそれを圧縮した結果、気がつけば半年で体重が十数キロ減少していた。

タクヤはある日、当時日本一高いサンシャイン六十ビルに登ってぐるり三六〇度、東京の夜景を眺めてみようか、高いところからライトアップされた東京タワーも見てみたいと思い立ちすぐさま出かけた。だがそこではワクワク感は生まれず、かえってこの三六〇度灯りまみれの広大な土地に、友人の一人もいないということに気づくと、底知れぬ恐怖感にさいなまされるのだった。

最初の会社に在籍中、中堅の広告代理店の求人に応募し、採用通知を受け取ったとほぼ同時にセールスプロモーション社の社長から直接ヘッドハンティングを受けた。前者は「入社する、しないを五日以内に決定してください。もし辞退されるなら他の人にあたらなければならないから」と言われ、後者からは「君が入社しないなら、他の人を採ることはしない。君に来てほしいんだ」と言われており、大変魅力的だった。広告代理店にこだわっていたかったし、前者の入社してからの仕事は、日本国民のほぼ全員が知っているであろう人形の広告宣伝担当が用意されており、大変魅力的だった。悩んだ末に「君が欲しい」と言ってくれた後者に身を委ねたが、社会保険こそ完備されていたものの相変わらずの低賃金。おまけに体育会系の社風に馴染まず、一年三か月でマーゴがいる法人へと転職をすることになった。

新規事業となる国際事業部への配属の理由は、広告宣伝業務の経歴、韓国語の読み書きと会話ができるということ、日本文化の代表的存在であるいけばなの指導者資格を持っていることなどが評価されたようだ。ここでようやく同級生たちのおよそ三割増程度の賃金を得られるようになり、海外では「ディレクター」を名乗り、移動はビジネスクラス、法人ゴールドカードも持たされるようになった。少しばかり自信も出てきたように思えはじめた頃に、業務でマーゴとかかわりができたのだった。日本は駆け足でバブルに突入していった頃だった。

街路樹に仕掛けられた電飾に灯りが入りはじめた青山通りをマーゴと歩きながら、ミヤコと一緒にいた最後のクリスマス前に飛び出した言葉「クリスマスケーキ」が、ふとアタマをよぎった。東京生まれで山の手育ち、高学歴のマーゴはこの言葉をどう思うのか。いや、そもそも知っているのだろうか？

こどもの城の前を通りかかるというタイミングで、タクヤはそれとなくマーゴに問いかけてみた。「ある地方ではさ、女性の婚期をクリスマスケーキにたとえているんだけど、それって知ってる？」。マーゴはおっとりした口調で答えた。「えぇ〜、知らないよぉ。何なのそれ？」。やはりマーゴは知らなかった。言葉の意味を説明し終わると、「それって、女性にたいして侮辱した言葉じゃぁないの？だったらあたし来年じゃないの」と、少しムッとした口調で言葉を返してきた。東京生まれ、山の手育ち、高学歴、大企業に新卒で入社という経歴では、女性の婚期「クリスマスケーキ説」とは関係ないよな、とタクヤがそう思ったとき、「あ〜〜！時間軸が曲がる〜、アタマが、アタマが割れそう」と大声で叫んだと思いきや、マーゴは頭を抱えて歩道にしゃがみ込んだ。

その瞬間、T字路で二五〇CCのバイクが紺色の乗用車の側面に衝突。勢いでライダーはマーゴのアタマの上を飛行しながら通り過ぎ、歩道に叩きつけられた。すぐさま近くを歩いていた何人かがライダーを囲い、意識の確認を始め

た。タクヤは近くの緑の公衆電話から一一〇番をした。もしマーゴが立ってい
たなら、衝突した勢いで加速度がついたライダーの身体が彼女を直撃し、大惨
事になっていたことだろう。
　パトカーと救急車は十分も間《ま》をあけずに到着。どうやらライダーは無事のよ
うだ。この迅速さ。さすが首都の人々の危機意識と公安・消防の管理体制は凄
いなとタクヤが感心していると、「さぁ、ケーキ食べに行こうよぉ」とコトの
始終を見届け、何事もなかったかのように声をかけてくるマーゴ。「アタシ、
よくこういうの呼び込んじゃうのよぉ。慣れてっから気にしないでねぇ」。
　二人はお目当てのカフェにたどり着いた。さすが東京は青山。こんなオシャ
レな内装、アンティークな置物。選択に困るほどの色とりどりで絶品のケーキ
たち。すこぶる趣味のいいカップ&ソーサーにバロックのBGM。二人はクリ
スマス期間限定のケーキセットをオーダーし、店内空間とともに紅茶とケーキ
を味わった…はずなのだが、タクヤはほんの一時間ほど前の、あまりに不思議
な出来事をアタマの中でどう処理していいのか見当がつかず、その時交わした

会話も、おそらくとびきり美味しかったはずのケーキの味もほとんど覚えていない。ただ女性の適齢期がクリスマスケーキという説が納得いかないマーゴに、「実は男性は『年越し蕎麦』なんだよ。三十一日、つまり三十一歳を過ぎれば新年。クリスマスを過ぎたケーキよりも価値がないということなんだ」とフォローを入れたことを除いては。もちろんそれへのマーゴの返答も記憶に、ない。

その夜自室で湯船につかりながら、ふと八年前のエリが見合いをした相手の銀行員も『年越し蕎麦』だったということに気がついた。その人とご両親、あせっていたのかなと思いながら、なんでそんな古いことを思い出すのか、自分が可笑《おか》しくなって、耳を指でふさいで湯船にもぐってみた。アタマからつま先まで空気から遮断された状態で記憶と対話しようと思いながら…

この三か月後、新年度になる二週間前にマーゴの事業部は別の地へと移転していった。あの日からオフィス移転までの間、彼女の目をまともに見ることができないタクヤだった。ある意味部署自体が移転してくれてありがたい気持ちで一杯だった。

それからというもの、お化けや霊よりもリアルでコワいものを見せてもらったことから、多少のことには恐れおののくことがなくなったタクヤだった。

Ⅳ　俺、クレイジーキャッツ派なんやけど

一九八八年　ドリフのパイ投げちゃうんやで

「私をお嫁さんにしてネ」

三か月に一回位のローテーションで、タクヤに面と向かい甘えた声でシルクはこう言う。つまりタクヤは各シーズンに一回は、シルクからお題目のようにこの言葉を聞かされるのだった。

シルク…本当の名は真由子。いつもオシャレなタイ製シルクのスカーフを首に巻いているのと絹はマユからできることをかけて、女性の同僚からはそう言われているらしい。それに乗っかってタクヤも彼女のことをシルクと呼んでいる。タクヤとシルクは違う会社でそれぞれ勤務しているのだが、民間の中国語教室で出会った。

タクヤと出会う前、どうやら前の職場のある先輩といい関係にあった様子。

その先輩がシンガポール転勤になったとき、仕事をやめ彼を追いかけてシンガポールへ渡ったと本人は言う。このことを幾度となく聞かされていたタクヤは、当初一本気で情熱的な娘だなという感想を持っていたが、じゃあなぜその彼はシルクと結婚した上でシンガポール暮らしをしなかったんだろうかと素朴な疑問を持ちはじめ、幾度となく傷つかないような聞きかたでシルクに問うてみるのだった。

どうやらコトの真相は、彼女が発作のように起こしてしまう行動に元彼が辟《へき》易《えき》していたことが一番の理由のようだった。彼はシルクと同時進行で他の女性とお付き合いをし、シルクではない方の女性を選び結婚。転勤が決まっていたシンガポールに呼び寄せ住みはじめたことがだんだんとわかってきた。ただ、この娘の一本気で周りが見えなくなる性格は、他の女性と結婚し暮らしているシンガポールの元彼のアパートに押しかけ、そこで数日間寝泊まりしてしまうところまで強烈だった。この話を聞いたとき、さすがにタクヤは背中が凍り付くような感覚を覚えた。このまま付き合っていると、何かよからぬことが起こってしまうのではないかと。

タクヤは時々シルクの部屋で夜を過ごすことがあった。いつしかタクヤの衣服も「お取り置き」するようになっていた、そんなある日の朝のこと。タクヤのサマージャケットがどうにも見当たらない。シルクにたずねるとクローゼットの下方から出してきて、「まだ途中だけど、ハイ」と言ってタクヤに手渡した。ん？右腕だけ「五分袖」になっている。「どういうことだ？」とタクヤはシルクに問うと、「大平元総理みたいでええでしょ、暑さ対策。ククク。左腕はまだ手をつけとらんけど、着てみぃ〜、おもしろいがね」と、いつもは口にしないお国言葉で笑い声を交えて答えてきた。ファッション専門学校卒業のシルクにとって、こんな細工はそれこそ「朝飯前」のこと。

「こんなん仕事に着て行かれへんやないか。なんちゅうことしてくれてんねん」。普段は温和だが、このときばかりは頭にきたタクヤも、出さないように常に意識している北摂弁《ほくせつべん》がでてしまった。ただ、小さいヤツと思われたくないため、とっさに封印した言葉が、「これ、メンズ・ビギのサマージャケットやねんで。ナンボした思うてんねん。ったくもういらんことすなやっ！」だった。

シルクの奇行の数々の中でもタクヤが最も辟易したのは一九八八年のクリスマス・イヴの夜、乾杯用としてちょっと値が張る辛口白ワインとチーズの詰め合わせ、そしてお祝い用のホールケーキを買ってシルクの部屋に立ち寄ったときのこと。どうやってこのケーキを分けるか、タクヤが手刀で切り方をイメージしているとき、シルクはタクヤの後頭部を押さえ顔面をケーキに深く沈めた。「アホ！何すんねん」と生クリームで真っ白になった顔のタクヤは、壁の薄いワンルームマンションを気にしながら、両隣の迷惑を考え押し殺した声で叫ぶ。「ドリフみたいでええがね。これ、一回やってみたかったんだわぁ。ドリフ世代にはこれ鉄板ネタだがね」とシルクは狂喜乱舞気味に喜び、タクヤの顔に鼻を近づけ香りを確かめひとこと、「メリークリスマス」と瞬間真顔で言い放った。タクヤは感情を押し殺し、落ち着き払って、「オレ、ドリフ派やのうてクレイジーキャッツ派。いらんことすな！」。そうは言うものの、生クリームで真っ白な顔をした男が、どんな言葉を発しても面白いのだろう。シルクはタクヤを指さしカカカと笑い続けていた。そして抱きつき顔面中のクリームをペロ

ペロとなめ始め、そして一言、「えらい甘いがね、生クリーム！」。これだ…元彼はこういうところがNGだったんだろうな。鼻をなめられながらタクヤは黙って言葉を押し殺していた。

腹を立てながらもタクヤは眉毛についたクリームを左薬指にとり、試しに舐めてみた。葉祥明の絵の下でミヤコと話しながら食べきれなかった、苺のショートケーキのクリームと同じ味がした。

シルクは何回かに一回の頻度だが、キスをすると食いちぎるかのような力で下唇を噛んできたり、デーモン閣下の声色で「オマエをホリフィールドにしてやろう」と言いながらマイク・タイソンよろしく耳をかじってきたり。またタクヤの肌にかさぶたを見つけると、一六五センチ五五キロの体躯を以てプロレス技をかけながら一気にはがしにかかってきたり。また自分の噛んでいるガムを指にとり、嫌がるタクヤの口の中へ押し込んだりもする。「だってキスしてんだから同じでしょ」と。ここで口を開けないと鼻の穴にガムを突っ込まれて、もっと悲惨な事態がタクヤを待っているだけ。タクヤはシルクの行為を黙って受け入れざるを得なかった。

カワサキGPZ－Rの後ろに乗せて走ると、毎度のことながら、ローラーゲームの「河野選手のビンゴ（頭突き）だ～」と大声あげてヘルメットをガツンガツンぶつけてくる。そして降車し、ヘルメットを脱いで楚々《そそ》と「お嫁さんにしてネ」と一言。これでは、やっぱり元彼もほとほと愛想をつかしたのは当然だと、タクヤはその都度確証するのだった。

ところがある日、彼女は突然会社を辞め、タクヤに一言もなく部屋も引き払ってしまっていた。もちろん電話も解約され通じない。心配極まるタクヤのところへ、地元へ戻ったシルクは夜中の二時に電話をかけてきて、「前の彼氏が離婚するかもわからんから、ワタシあっちの方へ行くわ。サヨナラ」と一言だけ言い残し、電話を切った。翌日シンガポールへ向かうとのこと。シルクを知る共通の友人から聞くには、シンガポールの元彼は離婚した訳でもなく、単に奥さんは出産が近くなったので子供を産むために日本へ戻っただけのことらしい。

これ以上振り回されたくないと思っていたタクヤへシルクからの一方的な突然の別れの言葉。自分の知らないシンガポールの彼とその奥さんが嵐に巻き込まれているかもしれないが、タクヤ自身は彼女も自分も傷つけることなく物語を終えられたことに安堵の気持ちを覚えていた。そして頭の中が空っぽになったところで、シルクの口から「お嫁さんにしてネ」というお題目を最後に聞いたのは、一週間前の六義園だったことを、ふと思い出していた。

タクヤは明日水曜日がゴミ収集の日であることを思い出し、手元にあるシルクが使っていた香港製チャイナ服姿の子供の針山と、片腕がいまだ完成していない「大平元総理風サマージャケット」を他のゴミと一緒にビニール袋に入れ、午前三時に収集所へ持っていった。これらはタクヤの部屋に持ち帰っていたのだが、他に彼女の部屋に置いてあった荷物はどう処理したのだろうか。おそらく他の荷物と一緒に捨て去ったのだろうな。

シルクとの思い出が乗っかった品々を一気に投げ捨てたとき、顔を押し付けられたケーキに飾り付けようと用意していたサンタクロースや柊の小物がビニール袋を突き破って出てきた。

ふとシルクの年齢を数えると、あのクリスマスから一か月後、彼女自身がクリスマスケーキの年齢にさしかかるというタイミングだったのかと改めて気づき、「どうなるかわからんけど、シンガポールの彼と幸せにな」とつぶやきゴミ収集ボックスの鍵を閉めた。

部屋に戻るタクヤの足取りは軽かった。

V　経済発展とケーキ仕様の関連性

一九九一年　ソウルで呼び起こされたバタークリームケーキの記憶

「乾君、これから海外出張には若手の社員を同伴してくれないか。次の世代の人材を育てたいんだ」。国際事業本部長からの呼び出しは、こういう依頼だった。配置転換、転勤あるいは経費の使い過ぎという忠告を受けるのかと、相当な覚悟をして本部長室のドアをノックしたタクヤこと乾は、一気に拍子抜けした。

「それで、次の韓国出張には名古屋の藤本君を連れて行ってほしい。彼女、ご両親の介護が長引いて長期休業から先月復職したことは知っているね。先日、本人を呼び出して訊ねてみたんだ。これからどうしたいかって。藤本君の答えは、これからも国際事業部でキャリアを積んでいきたいということだった。他の男子社員よりも私は見込みがあると思っていてね。結婚したとしても仕事をやめることはなさそうだし。それでしっかり教育を頼みたいと、今日君に来てもらったわけだよ」。

切れ長の知的な目、色白な肌。衆人が認める美人で、しかも身長は一六五センチと長身でスレンダー。学部での専攻は中国語で会話もでき、元々アジアに興味あることは間違いなかった。また乾が東京から仕事を依頼しても、スピーディーかつ正確、しかも他の社員とは違って余計な仕事に嫌がる様子も見せない。そして、なによりもいい家庭環境で育ったのだろう、言葉遣いとふるまいも申し分ない。ただ乾は、こういう完璧な女性は苦手で、どちらかと言えば向こうっ気が強く、自由奔放な女性、たとえばシルクのような女性の方がくみしやすい傾向があるのだが。

藤本の年齢は乾よりも六学年下で入社二年目。乾が三度ほど直接会った中で感じた藤本像は、美人であることはともかく、非の打ち所がなく本音や弱みはかけらも見せないという認識が出来上がっていた。もし藤本を彼女にしようと思うならば、普通の男は近づきようがない、到底手に負えないタイプとでも言うべきか…隙がない。こんなに完璧な上に、もし結婚でもしようものなら、もれなく両親の介護がついてくることは目に見えていた。これが彼女が果実店の最上段に鎮座している「桐箱のマスクメロン」となっている由縁だ。つまり誰にも手が出せないでいるのだ。

十二月の第二週目の木曜日、乾と藤本は午前便でそれぞれ最寄りの空港から出発、金浦空港で落ち合ったのち、タクシーに乗りいったんホテルでチェックインを済ませ、再びホテル前に停車中のタクシーを拾い市内へと移動。アポイントをとってある取引先数か所を訪問した。行く先々で藤本は乾と取引先のやり取りについて詳細にメモを取り、疑問や確認事項があると乾を通じて相手に説明を求める。決して上司を飛び越すようなふるまいはしない、優秀な秘書のような働きを見せた。乾の藤本像は間違ってなかった。

その夜、ある取引先からの接待の席でも、自分は何をすればいいのかを明確に理解していて、先方の女性スタッフとの会話はもとより、乾が所属する国際事業部の女性スタッフが最も嫌がるであろう先方社長への酌も、笑顔と適切な会話をもって場をなごませた。なるほど、国際事業本部長の評価、そして定められた期間を延長して介護休業はとれないという社内規則からの例外として、名古屋の部長が人事本部に直談判した理由が痛いほどわかる。まさに逸材だ。

取引先の接待も終わり、乾がソウルで定宿としているホテルに二人は戻り、明日は地方都市まわりだから早く寝て下さいねと藤本に伝え、乾はいつものバーでバーテンダーのK氏を相手に一人飲み直しを考えていた。その時ふいに藤本は「あ、このケーキ！」と、ラウンジの冷蔵ガラスケースに入っているケーキに目をやり乾に声をかけた。「これ、クリスマスケーキなのかしら？」。

一日を通じて少し乾の人となりがわかってきたのか、警戒心がとれた藤本は話を続ける。「私、ケーキと経済発展の関係って興味あるんです。実は卒論もそういったことを書きたいと教授に伝えると、バカなこと言わないで『毛沢東語録』を読んでおきなさい、と一蹴されてしまったんですよ」。乾は藤本の話に俄然興味が湧き、ラウンジはあと三十分開いていることを確認し、藤本に言った。「その話、もう少し聞かせてもらっていいかな」。

ラウンジの隅のソファーに席をとり、オーダーを済ませ乾は藤本に先ほどの話の続きを聞かせてほしいとうながした。「ケーキのバリエーションって、経済の発展段階で特徴があるのですよ。大きく分けて開発途上国、中進国、先進国。それぞれケーキのデザイン、使われる砂糖の量、クリームの材質、トッピングも似てくるんです」。それを聞き乾は「発展途上国はケーキなんて高価でほとんど口にできない。中進国は工業国だから肉体を使う労働者の割合が多くなるから、疲れを解消するために砂糖の摂取が多くなる。一方先進国になれば砂糖漬けからおさらばして、なるべく糖分をとらないようなトレンドとなる。それがダイエットブームにつながる。砂糖の量に関してはこんなところかい」と、汗をかいたグラスに入ったクラウンビールを口に運びながら藤本にそう言葉を投げかけてみた。乾の前職は一年三か月の短期間ではあったがセールスプロモーション社でマーケターを勤め、日本の経済成長期のしることとぜんざいの消費量がインスタントコーヒーにとって代わられたことについて、砂糖の消費量という軸から、あるメーカーに新発売商品の販売促進方法についてプレゼンテーションをした経験があった。

「乾さん、よくご存じですね。そのとおりです。肉体労働者の割合と砂糖摂取量は社会全体で正の相関関係にあるんです」と藤本も同じく汗をかいたグラスビールを飲みながら答える。乾はふと思った。接待の席で先方の方々とマッコリの乾杯を重ねてきたよな。それでもここはソフトドリンクでなく、ビールかい。酒も相当強いぞ。ますますもって隙がないぞ、この美人キャリアウーマンは…

藤本は続ける。「ケーキのトッピングも経済の発展段階と関係あると思うんです。中進国になりたての頃は、それまで庶民はこんなにおいしいものは特別な場所でしか売られてなくて、見かけたとしても手が出せないような値段がついていました。しかし工業化で経済成長すると所得が増えますよね。そして甘いものが欲しくなる。そこで庶民はケーキに興味が湧く。売る方は、まずは買いやすい値段をつけて売る。

この段階ではケーキを買いたいという欲求がメインだから値段をおさえるためにトッピングはほとんどなく、見た目より実質が優先されるんです。それを買えるだけの収入がある国民は喜んで買って、家族で食べる。メインとなるストーリーは『誕生日ケーキ』。一方、クリスマスは宗教行事なので中進国に入ったばかりの社会では伝統的宗教が根強く残っていて、ケーキの販売とクリスマスを祝うというストーリーは結びつかないんです。そして大家族が多い社会だから大きなサイズのケーキが好まれるので、どうしても食べ残しが出る。だから保存のためにクリームはバタークリームが使われているんです」。

「バ、バタークリーム！」乾は思わずこの言葉を口走った。乾にはバタークリームについて幼少期に、切ないながら幸せを感じたという記憶があり、藤本の言葉によってそれが一気にフラッシュバックしてきたのだった。

「乾さん、どうかされました？」という藤本の声に、「あ、あぁ何でもないよ」と言いながら藤本のビールグラスの汗を紙製のコースターが全部吸ってしまったことに気づき、少し生ぬるくなった自分のクラウンビールを飲み干し、

「僕はスピリッツでも飲もうと思うけど、藤本さんはどうする？結構イケる口だよね」。

乾はここで藤本を行きつけのバーに誘ってしまうと、自制心が利かなくなる

だろうと、完全に酔いが回る前の理性的アタマで、ここラウンジの閉店でお開きにしようと思い、最後の一杯を何にするか藤本に訊いてみた。「私はロングアイランドにします」。コイツ、カクテルを知ってるぞ。自制心、自制心。明日から仕事がしにくくなるのはダメだと、乾。「じゃ、最後の一杯ね」。乾はウェイターを呼び、ロングアイランドと、ロンリコカクテルを注文した。

藤本は続けた。「中進国も経済状況が先進国に近くなってくると、ケーキのトッピングもにぎやかになるんです。今までケーキは食べられれば満足だったのが、せっかくの非日常的な食べ物だから飾りたくなるのですね。つまり付加価値がついたものを好むようになるんです」。そこで乾はたずねた。「藤本さん、さっき冷蔵ケースのケーキを見て何を思ったの」。

「ケースの中にホールケーキが数点飾られていましたよね。普通のケーキはバタークリームだったけど、クリスマスケーキらしいものは生クリームが使われていたの。こんな高級なホテルだから、高所得の人たちに向けて生クリームケーキを販売しているのではなくって、普段はバタークリームケーキで満足してるんだけど、クリスマスという非日常的なライフ・ストーリーには思いっき

り贅沢をしたいという、そしてそれがかなえられるような収入がソウル市民にはもうあるということじゃないかしら。そう思ったんです」。

乾は「でもここは国際ホテルだから、そのケーキは外国人相手のものだとも考えられるよね」と言うと、「ケーキを買いに来ていたお客さんが三人ほどいましたが、お気づきになりました？みんな地元の人でしたよね」。乾は藤本の鋭い観察力と分析力にほとほと感心し、どうしても東京へ呼び、自分の右腕にしたいと思った。ただ六割強の韓国人がクリスチャンだということを藤本には言わないことにした。

「ところで君の指導教授はこんな論をたてられる人材の芽を摘んでしまったんだね。しかも君が学生だった時代に『毛沢東語録』を読めだなんて、どうかしてるよね、ったく」と言う乾に、「では同じ中国語圏の台湾と中国の甘いものに対するニーズの比較をテーマにするのはいかがでしょうかと尋ねると、君、日本の中国研究で台湾を扱うということは、どういうことになるかわかって言ってるんかね。中国学の輪の中にはもう二度と戻れないということなんだよ、と教授がおっしゃるので、それはどういうことですかと尋《たず》ねると、『右翼反動主義者』は中国学には必要ないっていうか、敵になるんだぞと言われ、しぶしぶ『日本人大学生における中国認識』というタイトルで卒論を書いたんです」。意にそぐわない内容、それが理由で大学院進学はあきらめたとのこと。藤本はそのときのことを思い出してか、瞬間、悔しい表情を浮かべた。乾が初めて見る彼女の「隙」だった。

乾は藤本が席を外したときに支払いを済ませた。時計を見ると二十二時半。戻ってきた藤本に「さっきも言いましたが明日は地方なので出発は七時です。ゆっくり休んでくださいね」と、なぜか半分敬語になってしまっていた自分にちょっと苦笑いを浮かべてしまった。「乾さんは、これから？」という言葉を途中でさえぎり、「夜風にあたりに行くよ。屋台で焼酎でもひっかけてくるかな。ではおやすみ」。藤本も飲み足りなさそうだったが、乾は自分の自制心があるうちに藤本を部屋へ戻そうとエレベーター十八階のボタンを押し、そこで見送った。

　そして乾は次のエレベーターで二十三階に昇り、行きつけのバーでいつものカウンター席に座った。バーテンダーのK氏は何も言わずに大きなプリッツを五本細長いグラスに立て、乾の前に置く。乾は三本だけ取り出し、皿の上に置いた。つまりこの夜は三杯しか飲まないという二人の間の暗黙のサインだ。ほどなくK氏は頭上のロッカーを開け、乾専用のオールド・パーをとりだした。K氏は氷を球状にくだき広口のグラスにそっと置き、琥珀色のオールド・パーを注いでオン・ザ・ロックにし、チェイサーとともに乾の前にさしだした。「K氏、チョウィスキールル、ハンジャンハシルカヨ?」と自分の酒をK氏に勧めた。「コマスムニダ」とK氏はストレートグラスに七分目ほど琥珀色の液体で満たし、「乾杯」の仕草をしながら一気に飲み干した。

　乾は、今日一日の整理に入った。藤本に夜風に当たりに行くと言ったのは、この場に現れてほしくないという気がしたからだった。藤本君か…現役で大卒二年目。そっか、彼女はしっかりした大人だけど、クリスマスケーキの年齢なんだな。今まで出会ってきたクリスマスケーキさんたちから考えてみると出来すぎだよ、全く。

そう思いながらカウンターで酒を伴に、明日最も難儀な取引先での交渉の入り方や、藤本をどうしても東京へ呼び寄せたいという思いなど考えをめぐらせるのだが、心の奥底に仕舞い込まれていた、幼い頃のバタークリームケーキへの郷愁が突然呼び覚まされたことについて、乾タクヤは幼い頃の自分をもう少し愛でてから部屋へ戻ろうと決めた。一杯目を飲み干したところを見たK氏は、乾に目で確認した後、二杯目をそっとさし出してくれた。

Ⅵ　一九六七年のバタークリーム・クリスマスケーキ

「お母さんは、お仕事で忙しいの。ぼくたちは、ガマンしよ」

クリスマス・イヴの夜、七歳のタクヤは夜の七時になっても両親が戻らないのでぐずる五歳の妹ミキをなだめていた。

二人の父は会社勤めで、毎日早くても七時にしか帰宅しない。母は公設市場で小さな雑貨店を経営していて、五時になるとパートに店を任せ一旦帰宅。二人の食事を用意して再び店へ戻っていく。帰宅は九時過ぎになる。

二人はお腹がすいているわけではない。今日はクリスマス・イヴだからと、母が同じ市場の精肉店で大ぶりの鶏の脚を焼いてもらい、食卓に並べておいてくれたものを食べている。ただ、タクヤはミキのことを気にしていた。ミキはさっきテレビで観た光景—家族でごちそうを食べ、そのあと電気を消してクリスマスケーキの上に乗っかっているサンタさんのろうそくに火をつけ、我先に競って吹き消す。そしてきょうだいで誰のケーキが大きいだの小さいだの言い合いをしている—そんなことを幼稚園の友達の家でもやっているのだろうと思うと、悔しさと母親が帰ってこないという哀しい思いが交錯しているのだろう。タクヤはミキのぐずる顔を見てそう思うのだった。

実は小学校一年生のタクヤ自身もじゅうぶんに哀しく心細い思いでいるのだけど、ここで自分が泣いたらどうにもならない。自分はお兄ちゃんだという気持ちだけでひたすら涙をこらえてミキをなぐさめていた。

七時半、帰宅した父の顔を見てタクヤは少し安堵したものの、男の子として、お兄ちゃんとしてミキを守ったよというところを見せたく、まだ虚勢を張っていた。父は瞬間すべてを察した。そして「ケーキ、買いに行こうか」と二人に声をかけた。「一番いいケーキを買ってあげるよ」と、父は二人の手を左右につなぎながら三人ならんで閉店間際のパン屋へ向かった。時は高度成長期真只中の昭和四十二（一九六七）年。当時の地方小都市にはそう、ケーキ屋なんて洒落たものはなかった。

クリスマス・イヴの午後八時。手頃なケーキは既に売り切れていて、六人家族位でちょうどいい大きさのケーキしか残っていなかった。先日母が生活費のほとんどを路上に落としてしまい、年末年始のやりくりが苦しい家計のはずだが、父は自分の小遣いから四人家族にはあまりあるこの最後のバタークリームケーキを二人のために買ってくれた。

父は「お前が責任をもって運びなさい」とケーキの入った大きな箱をタクヤにゆだねた。帰宅しても母の姿はまだ見えなかったけど、三人でケーキを囲み、サンタクロースのろうそくに火をつけ、部屋の電気を消した。「ミキ吹きなよ」とタクヤの言葉にいざなわれて一息で火を消したときに、ミキの顔は満面の笑顔であふれていた。ミキが思い描いていた光景が現実のものとなった。お母さんがまだ帰ってこないということを、もう気に留めている様子はなかった。

父が買ってくれたバタークリームケーキには半球体に切られた赤・緑の寒天のようなゼリーが、円状になっているケーキの縁に沿って並べられ、「Merry X'mas」と書かれた板チョコ、アクセントとして仁丹に似た銀色の粒がふりかけられた、胴体と同じバタークリームで作られたピンクのバラの花が三つ、そして塩化ビニール製のモミの木が三本と、こげ茶色のウエハースに雪代わりのシュガーパウダーが吹き付けられたログハウスひとつが、赤い服を着たサンタのろうそくとともに乗っていて、大変にぎやかしかった。

そして父が下手くそな手さばきで、そんなに食べられないやというほど大きく切り分けたケーキを、いつもは焼き魚が乗っている皿に置いて兄妹二人に渡してくれた。兄妹はありがたさと、今すぐに食べたいという気持ちで一杯になり、どっちが大きいだの言う気持ちはさらさらなく、黙々とケーキを味わいつづけた。職人気質で普段はあまり笑ったところを見せない父だったが、このときの二人を見ている父は笑顔で、とても優しい表情をしていた。

日本では一九八〇年代に入る頃を境に驚くほど上品で美味しいケーキが次々と現れた。そしてクリスマスにかかわるケーキが時代とともに美味しく豪奢《ごうしゃ》になっていくのをタクヤは体現してきた。このとき父が見守る中、兄妹で食べたバタークリーム製クリスマスケーキは、大人になって振り返ると、舌にもったりとまといつき、口中で甘さがなかなか溶け込んでいかない、コッペパンより

少し柔らかい程度のスポンジがベースで、今ここに出されたとしたらお世辞にも美味しいとは言えない代物だろう。藤本が分析したように工業化を急いでいた、先進国入りを目前にしていた日本のケーキは、砂糖をふんだんに使った劣化しにくいバタークリームケーキそのものなのだが、それを購入し食べられるということは、豊かさの象徴として、当時、日本庶民のハレの日の食卓を飾るものだったに違いない。

タクヤはバタークリームでできた、口の中にもったりと残るあの日のクリスマスケーキは、亡き父の面影と精一杯背伸びした七歳の自分に深層心理で結び付けられていたことを藤本の発した「バタークリームケーキ」というひとことによって気付かされた。

あの時食べたケーキの容姿と味、職人気質で普段はほとんど笑うことのない父の微笑みとミキの無邪気で満足げな表情、それを見て感じた幸せという感覚が、タクヤ自身気が付かない潜在意識で紐づけられていたのだ。以降見てくれがどれほど綺麗で美味しいケーキに出会っても、なにか物足りなさというか嘘っぽいというか、違和感のような感覚がついてまわったのは、その時覚えた幸福感が、母がいなくて寂しかった中で妹を守ろうとした健気さ、ケーキを求めに父が兄妹の手を取り夜の商店街を歩いたこと、下手くそな包丁さばきでケーキを切る父の手先、サンタのろうそくを吹き消すミキの膨らんだ頬ととがらせた唇、無言でケーキを食べる兄妹を見つめる父の瞳…その時のバタークリーム・クリスマスケーキにまつわる一連の幸せの物語が無意識層に刻み付けられていたのだということを思い知ったのだった。

タクヤは三杯目がグラスに残っていながらも四本目のプリッツをそっとグラスから引き抜き、自分の前の皿に置きながら「K氏、ストレイトへジュセヨ」と、ストレートを希望した。三杯の予定だったが、タクヤは今、亡き父と幼い頃の妹の幸せそうな笑顔を思い出し、もう一献傾けたい気持ちになった。K氏は静かにうなずきオールドパー・ストレートとチェイサーをそっとさし出してきた。その瞬間乾は、「あの時の親父は今の自分より若かったんだ」ということに気がついた。「親父、あのとき若かったんだな。ありがとう」。

タクヤはこの一杯を、二人サシで酒を飲む機会を持てないまま亡くなった父の、今浮かんできた面影とともに一緒に飲むつもりでオーダーした。父は冷たい飲み物が体質に合わなかったということを思い出しストレートを頼んでしまった自分自身の言動に、タクヤはつい苦笑いをしてしまった。その顔はボトルが並んでいるK氏の背後にある鏡に映し出され、ほんのりと笑った口元があの日の父の微笑みそのものだと吹き出しそうになった。

それを見て不思議そうな表情をしているK氏を横目に、鏡に映った父の面影みたいな自分の苦笑いに向かって乾杯する俺、三十一歳乾拓也だった。

付筆　乾拓也第一志望大学受験宿顚末記

タクヤは東京地区大学受験の際、帰郷中の友人の部屋を借りていたのだが、そこは横浜日吉。都内の大学までは遠い。早起きに自信がないタクヤは、第一志望だけはできるだけ近いところに泊まり、モーニングコール・サービスにあずかろうと、場所と料金から判断し九段会館に宿をとった。受験期の東京は、受験生にとってリーズナブルな宿の部屋数は絶対的不足状態が続き、また受験日程の都合で長投宿をする者も多く、宿泊費用の問題もあって、「相部屋《あいべや》」という旧来の投宿習慣がまだ残っていた。どこの誰か全くわからない者同士、三〜五人ほどで畳の部屋を一晩シェアするというシステムだ。

その日の九段会館四階の某室には博多（一浪）から、静岡（二浪）から、秋田（三浪）から、そしてタクヤ（中学浪人）の四人が枕を並べることになった。二十時に施設の担当者を交えて相部屋の受験生全員が大広間のような場所で一旦顔を合わせ、のちに部屋ごとに分かれ、どこの誰で、どの大学・学部を受験するなどの簡単な自己紹介だけして、後は勉強する、テレビを（小さな音で）観るなど自由時間を経て二十二時に消灯するという、会館からの「示し合わせ」にしたがい、夜を過ごすことに。

　秋田君が小声で三人に訊く。「酒、飲んでえが？酒飲まねぇど寝れねが…」。三人はまあ、彼は大人だし、飲んではいけないということではないのでどうぞと「許可」した。すると彼はサントリーホワイト・ポケットサイズを取り出し、「落花生」をかじりながら湯呑でちびりちびりと飲《や》りはじめた。

　酔いがまわってきたのだろうか。彼は鞄からおもむろに週刊誌大の写真誌を取り出し、それをめくりながら、「あぁ～あ、チミは何ゆえこげな格好をして写真を撮ったべか？」とポツリつぶやく。そして一人一人にその本を見せ、「東京ってどこは、こげなめんごい娘ば裸になる街が？」と訊いて回る。

　博多君と静岡君は明日に触るので、当然彼を避ける。タクヤは北山形の新庄弁をある程度理解できるので、彼を静かにさせようと試みるが、シャイな東北人が、ヒリつく受験滞在中の東京で、言葉を解してくれる者に出会った安堵感からか酒が進み、ホワイトの二本目が開封され、「おめも飲んで。ホレ、東京ってこんなかわいい娘っ子が股開く街なんだべゃぁ」。彼の声がだんだん大きくなってくる。ラッパ飲みになり二人称もカジュアルになってくる。静岡君のイライラが募り、「静かにしてくれないか」と一言。彼は翌日第一希望のJ大の理工学部の試験日。一方、博多君はすでに高いびき。

タクヤは「Yさん、もうこのくらいにして電気を消しましょう。そして布団に入って明日に備えましょう」と言うも、饒舌になった秋田君の話は止まらない。「これ、ビニールに入ってっから『ビニ本』言うんだべや。東京ってとごはおっかなぐって。でも街さ歩いでたら、こげな本がいっぺぇ売ってる店見づけてよ。ひとつ買ってみだら、この娘ごさ、めんごくてめんごくて…」。

出版元は「ネスコ出版」、住所は西早稲田とある。秋田君は「おめ、明日こっちの住所の大学さ行ぐんだべ？試験終わったら、この住所のとこさ行って報告ぐれねが？そごにはこげな娘っ子いっぺぇいるはずだべ。もすかすたら、この娘っ子もいるかも知んねし」。その時、静岡君が一喝「うるさいッ！君、部屋替えてもらうかんね！」。秋田君は酔ったままの滑舌でひたすら繰り言のように詫びを入れ、入り口のところで一人で飲んでいるから勘弁してくれということで、三本目のポケット瓶を空け、ぶつぶつ言いながら、はだけた浴衣のまま出入り口襖の前で寝入ってしまった。

翌朝、早寝でお目ざめスッキリの博多君がカーテンを開け、「おー、雪の降っとうとー」と一言。その声で起きた静岡君とタクヤ。静岡君が訊く、「は？何て？」。彼はゆっくりと「ゆーきーのーふっとぉーとー」と反復。二人に聞き取りやすいように注意深く雪が降っていることを伝えてくれているのはわかるのだが、標準語にはならなかった。

入り口で酔いつぶれている秋田君をタクヤは起こしたのだが、二日酔いでどうにも起きられない。上の空での返事が返ってくるのみだった。昨夜は行きがかり上しかたなく付き合っていたタクヤだったが、自分の受験もあるので、厳しいようだがこれ以上は関われない。三人は出入り口の秋田君をまたいで、各々の試験会場へ向かった。「Yさん、M大学工学部は第一希望のはずだけど、あれじゃ受験できないだろうな…」とタクヤ。「こんなことだから三浪するんだヨッ」と、静岡君はバスケットシューズの靴ひもをもどかしげに結びながら手厳しい言葉を吐く。

試験終了後、残雪の中、タクヤは秋田君から預かった住所を訪ねてみたが、その近辺には出版社らしき看板はなく、そもそも住所の地番すら見つけられなかった。秋田君をメロメロにしてしまったその娘のビニ本がやけに気になったタクヤは、「ビニ本のメッカ」として知られる芳賀書店を訪ね、同じものを求め、自身の東京土産にした。そして横浜の友人のアパートから、その住所の近辺にネスコ出版はなかった旨の手紙を秋田君に書いたのだが、タクヤは自身に降りかかったエリとの出来事で頭が一杯の状態だったからなのだろう。実家宛に秋田君からの返事が来たのか来なかったのかは思い出せずじまいで、左翼の巣窟のような関西の大学に入学。高校時代とは場所を変え、「東京土産」を持参し一人暮らしの日々が続くことになった。

一年次で迷わず『左翼教授名鑑』に掲載されていた教授の講義を選択し、教授と近づき、その思想的スタンスと読書量が面白がられるようになった。二年生冬には学費値上げ闘争で文化サークル連合と体育会、教授会、理事会の四すくみの紛争が発生。ピケを張る者や断食をともなうハンスト敢行をする者も現れ新聞沙汰にもなった。

タクヤはどの集団とも利害関係のない一般学生として傍観するも、つくりあげた人脈により理事会以外のメンバーから情報が逐一入り、紛争の先行きがおおよそ読めていたのだが、どの集団とも距離をとっていたかったため沈黙を貫いていた。ただキャンパスにほど近いところにアパートを借りていて、キーパーソンを一時期かくまったことはあった。紛争では暴力沙汰はなかったものの、何より安田講堂から十二年遅れて目の当たりにする学園紛争という空気をしっかり満喫していた。ただ、紛争の翌年度、かかる左翼教授が学長に就任し、ゼミを持てなくなってしまい、正式な門下生になれなかったことは唯一心残りとなったのだが。

一方でその年度の夏に地元のミヤコとの付き合いが始まっていて、ふいの来室、ブツの発見というリスク回避のため、紛争の頃にはすでに「東京土産」は処分していた。処分するのと同時に、第一志望だった大学への憧憬も自然と消え去った。

返還不要の大学独自の奨学金も受けていたこと、大学が費用の半額を負担する米国への短期交換プログラムと韓国への姉妹校交流プログラムの両方にメンバーに選抜され参加できたことも併せ、この頃のタクヤは第一希望が「いい大学」という訳ではなく、自分を入れてくれた大学でかつ自分が求めていたもの、それ以上のことと出会える大学こそが自分にとって「いい大学」なんだと思えていた。就職活動で心砕けるまでは…

純坊のロッカー、ロッカーの純坊

1. 純坊のLocker

あ、しもた！体操着忘れてきてもうたがな…どないしよう。この学年の私立文系コースは今日一日全クラス体育がある日やし、借りられへんがな。せやけど、国公立コースのヤツに借りるってのも、そんな仲のええヤツ、おらんし、大体がアイツらお高くとまってて、イケスカン。理系クラスには知り合い居てないし。

せやけど、俺、なんで体操着忘れたんやろ？おっかしいなぁ。

あ、せやせや！純坊に借したまんまになってるんやった。忘れてた。せやけど、七月になってからあいつ一回も学校に来とらんやないか。俺の体操着はどうなってんねんな。ってか、アイツこのまんまやったら去年みたいに学校来んようになってしまいそうや。三回目の二年生になってまうで。学校の規定では同学年は二回までになってるって千田先生言うてはったな。

…ほな、そろそろアカンやん！高校出たらギター一本ぶら下げて、東京行ってライブハウス出まくって、仲間見つけてバンドデビューすんねん言うてたけど、このまんまやったら東京に出る前に高校、出られへんのとちゃうか。

ま、それは今日は置いといて、体操着や。純坊、もしかしたらロッカーに入れっぱなしにしとるかも知れんし、ちょっと見にいってみよか…

わっ！なんやこの臭い、くっさっ！ゲェ出そうやないか。なんや、教科書と英和辞典、ヘリのとこ、カビ生えてるやん。さすがヤマハSGの魔術師、ｒｏｃｋｅｒや。カビの生え方もファンキーやがな。ん?あの、一番奥に見える「白いモノ」は、もしかして…うぅわっ！俺の体操着やないか！これって、つかんで取り出すの、ちょっと勇気いるで。純坊、お前、どうせ要らんやろ、このなんも書いてない英語の宿題プリント、使わしてもらうで。これで、こうやってつまんで、引っ張り出してやな…せやけど、めっちゃ悪い予感がすんなぁ。勇気出して広げてみるか。

…げ！白Tの体操着に黒い点々一杯やないか。ちゃんと俺の名前が書いてあるんで、俺のに間違いないな。コイツが臭いとカビの原因やったんやな。ちょい待て、アイツにこれ借したの六月真ん中くらいやで。それからプールが続いたんで体操着は必要なかったから、借しっぱなしになっとったん気ぃつけへんかったけど、純坊、汗びちょびちょのまんまロッカーにほうりこんで、学校に来ぉへんようになったんや。

ギターの腕はめっちゃスゴい。すぐにもｒｏｃｋｅｒ言うて通るやろう。せやけど、こんな無精なことでは東京独り暮らしはでけへん思うなぁ。それに、バイトするにも高校中退では力仕事になるやろうに。大事な指になんかあったら、どないするつもりやろ。

コイツのロッカーの奥の俺の体操着のその先には、将来を暗示するような、物理的な行き止まりって言うんやのうて、何ちゅうかｒｏｃｋｅｒとしても「ヘイソクカン」って言うんか、そんなもんが立ちはだかってるんとちゃうかな。

それにしても、このシャツ持って帰ったら、オカンめっちゃ怒るんやろうな。

「洗濯はしとくけど、卒業まで、これ着とき！」って言うんやろうな、きっと。

2. Rockerの純坊

(1) スローハンドの純坊

「お前らの練習に、純坊と一緒に行って混ぜてもろてもええか?」。純坊一回目の二年生の春休み前の三月に、彼のギターユニットの相棒ヒロは俺にこう言ってきた。やぶさかでない俺は、「ええけど、次のワシらの音合わせはスタジオやのうて、俺ん家《ち》の工場やで。音響はめっさ悪いで」と感情が出ないように注意して答えた。しかし実のところ、純坊と一度音を合わせてみたかったのが本音。そんな心境を悟られないようにふるまってみただけ。ヒロはいつものクセで、目をおよがせながら「ええんさ。来月のライブまでに一回でも多く純坊と音合わせしときたいんさ。行ってええか?」と答えた。コイツは自分が下《した》手《て》に出るときには必ず目がおよぐ。また麻雀でリーチをかけず「聴牌《てんぱい》」しているときも目がおよぎ、簡単に見抜けてしまう、愛すべき男だ。

彼らはギター二人のユニットなのでライブとなるとベースとドラムを必ずど

こかから調達しなければならない。当日のプレイヤーは依頼済みなのだが、練習時間はなかなか確保できないようだ。それがため我々レッドクロック（レッドクロ）に音合わせを打診してきたのだった。

ローランド社製コンパクトサイズのアンプGA40に猫背で腰かけ、アメリカンチェリー色のヤマハSGをなでるように弾く純坊。いわゆるクラプトン風スローハンド。指使いはかなり早い。ただ、クラプトン御大と決定的に違うのは、左手の小指を使わない、というか薬指に比べて小指がひと関節短いという個性的な手だったことによる。しかしながら腕前は抜群。コピーさせたら確実、自由にフレーズを弾かせるとそのセンスの良さが光をはなっていた。

長髪に銀縁丸眼鏡をかけ、ぼそぼそっと話す。「えぇ～の～」という口癖。相当なスローモで口数の少ない純坊は、ギターを弾いている時が至福の時間だった。なんせフレットの上を素早く動く指が言葉より饒舌な純坊。トラスロッド・カバー付近の3弦と4弦の狭間に火のついたセブンスターを挟み、演奏中いつでも吸えるようにしていた。これもクラプトン御大スタイル。

しかしだ、残念なことには体力と気力がなかった。持続力もなかった。アンプに腰かけるのは、要は体力が続かない、いわゆる「ヘタレ」だった。猫背たるゆえんも体力不足からのことだった。猫背のためアンプに腰かけてプレイしていると「胴が短い」ように見え、俺ん家の工場での音合わせを見にきたカトリック系お嬢様中高一貫校の女子がギターのテクニックに加え、「胴の短さ」を「足の長さ」と勘違いして一目惚れしたのだが。

レッククロがまだ形になる前、彼をリードギター、同じMという苗字のミスター・ストラトキャスター（後の正式なレッククロのリードギター）をサイドギターにし、「ダブルMでいこうか」という案も、一瞬だがあった。しかし、純坊は加入させられないとメンバー総意の判断。音楽の方向性の問題もあったが、なにせヤツは学校に出てこない。今でいう「ひきこもり」による不登校だったため、携帯電話すらない時代のこと、音合わせをするのに来る・来ないの「不確実性」がいつもついてまわるからだ。ただ、学校の外では音楽仲間とは饒舌なほどに話をしたし、ライブ出演やセッションするためには、いそいそと部屋から出てきたのだが…

　純坊は当然のごとく留年。二度目の二年生をすることに。担任は体育科の副主任かつ生活指導部長の千田先生、つまり学校で「イチバンコワイヒト」。その先生のはからいで、一年遅れて入学していて音楽仲間であることも知られていた俺と一緒のクラスに彼は配置された。五月のある日、千田先生は俺に「君がいるからあいつをこのクラスに入れたんや。出てこない限り指導もできないから、なんとか連れてきてくれんか」とおっしゃった。

(2) ミイラ取りがミイラになる

　二度目の二年生になって、一回も登校していない純坊を学校に連れてくるべく、翌日、彼の家へと向かった。千田先生の「出席にしておくから、よろしく頼むよ」という「お墨付き」をもらってのミッションだった。学校から彼の家までおよそ一時間四十分。これは遠いや、毎日通うのは大変かな、なんて思いながら到着。呼び鈴を押すと母君がドアを開け、「千田先生から電話を頂いてます。何とか純を学校に連れていって下さい」と懇願された。上品な、「ええとこの奥様」という雰囲気が漂っている。

部屋に入るとクラプトンの新譜アルバム『No Reason To Cry』がかかっていて、紫煙の向こうにヤツはいた。「お〜、よう来たのぉ〜」と最初の一言。いつもの癖であるセブンスターをせわしなくパタパタ叩いて灰を落としている。俺は用件をまず言い、「さあ、行こうや」と彼をせっつくつもりだった。しかしスローモーでぼそぼそ話す彼のペースに引き込まれ、「こんなリフつくったんや〜、聴いてくれるかぁ〜」、「ちょっとまってな〜、レコードひっくり返すわ〜」てな調子。頭から「いやや！」と言うだろうと思ってた俺は拍子抜け。とりあえずそこにあるソファーに腰を据え、ジッポを取り出しハイライトに火をつけた。それからクラプトンはどの時期の音が好きかだの、今度新しいアンプを買うだの…話がノッてしまい、母君が紅茶と自家製クッキーを持ってきてくれ、まったりとした二時間が過ぎた。

それでも俺は、学年は一年落ちていても、気にしなければなんてことないし、何かあったら俺がフォローするなど、言うべきことは伝えた。しかし心のどこかで俺は、「コイツはもう学校へ行く気がないな」と直感した。その日、彼が次に買いたいというアンプが置いてある店までそれを見にいき、俺は学校へ、彼は自宅へ戻った。

ミイラ取りがミイラになってしまった。結局彼を学校には連れてこれなかった俺だが、千田先生は「話はできたんやな？」と訊き、こんな話をしてきたと答えると、「そうか、ありがとう」と俺の目をしっかり見ておっしゃった。

純坊はその後俺の顔を立ててくれたのか、六月に二週間ほど学校に来てくれたが、俺の白い体操着に黒カビを増殖させて、間もなくフェードアウト。二学期には退学し、ギター一本抱えて上京していった。彼とはそれ以来会ってない。行方もわからない。ただ、東京からは帰ってきたという風の噂だけは聞いた。やっぱり「ヘタレ」ということを証明してくれたようだ。

（3）Ｒｏｃｋｅｒの純坊

純坊の奏でるギターは、優しい音色をしていた。自分の臆病さを恥じることなく唯一自信が持てるギターで言葉の代わりに本来の優しさを醸し出していたのだろうか。それは、レックロの正規リードギタリスト、ミスター・ストラトキャスターが、どこにもぶつけようがないうっ屈した青春の情念《パトス》を、指先から叩き出す攻撃的な音色とは対極にある。少なくとも俺にはそう聞こえていた。俺は、ミスター・ストラトキャスターの情念絶叫スタイルも好きだったが、実は純坊がＳＧを奏でる優しくもどこかせつなげな音色もまた好きだった。

そんな純坊が我が家の工場に機材を持ち込み、セッションしたときに弾いたCream の Badge は素敵だった。俺はドラムを叩いた。新聞部長としての言論もドラムのプレイスタイルでも自己主張が強かった当時の俺だったが、純坊のギターをたてるために、〝引き気味に〟、そして彼の指先からつむぎだされるギターの音色を一音一音味わい、鳥肌をたてながらプレイしていた。何だか心地よい瞬間だった。たった三分ほどのコト。彼の後ろを務めたのはあと二度あったが、この日のセッションでの全身で覚えた快感だけは忘れられない。

（4）時代

一九七七年、一億総中流時代と言われ、戦後最も所得分配が平等だった瞬間であり、多くの「中流家庭」では子供に部屋が割り当てられた。ご多分に漏れず一人っ子の純坊はもとより、妹と二人兄妹《きょうだい》の俺も個室をあてがってもらっていた。また「軽薄短小時代」の幕開けだったことが反映されてなのか、マイルドセブンの発売により、セブンスター派の多くはライトテイストが前面に押し出された、そちらへ移行したが、俺は逆張りでよりヘビーなハイライトへ。テレビでは伊東四朗が電線マンとなり、角川映画「人間の証明」のテーマソングとして、ジョー山中の歌声がテレビ、ラジオＣＭで毎日流れていた頃のこと。

ジョー山中の声の迫力に触れ、彼の音楽歴をさかのぼってFlower Travellin' Bandに行きつき、「Make Up」をレパートリーとするようになったレックロだった。なんとなくだが、この曲は純坊が音をつむぐには似合わないテイストの曲だったんだろうなと、ラスト・ステージでドラムを叩きながらそう思った俺だった。

著者プロフィール

今井 清賀（いまい せいが）

昭和35（1960）年生まれ。大学卒業後、学校法人勤務などを経て４つの大学院にて社会学、経済学を専攻。大学・短大などで非常勤講師を勤める。台湾の社会福祉史、開発経済、いけばな、ちんどん屋など発表した研究論文の領域は多岐にわたる。いけばな小原流一級家元教授、表千家地方講師、博士（経済学）。

表紙絵及びイラスト
第１・３章　よしだまなミ（イラストレーター）
第２・４章　飛鳥時代（漫画家）
表紙絵・第５・６章　今井茉梨乃（日本画家・イラストレーター）

一九六七年のバタークリーム・クリスマスケーキ

2022年12月15日　初版第１刷発行
2023年12月25日　初版第２刷発行

著　者　今井 清賀
発行者　瓜谷 綱延
発行所　株式会社文芸社
〒160-0022　東京都新宿区新宿1－10－1
電話　03-5369-3060（代表）
03-5369-2299（販売）

印　刷　株式会社文芸社
製本所　株式会社MOTOMURA

ISBN978-4-286-26083-9　JASRAC　出2207624－201